U0112709

敕建弘慈廣濟寺新志中

傳臨濟正宗三十三世沙門湛佑遺稿
監院沙門然叢編輯
白下余賓碩鴻客較訂

傳記序

余賓碩

喜雲慧大師傳

大師名普慧，字喜雲，山西潞州人也。未詳其生緣，亦不能考其本師授受。明天順初，至京師，常與彭城伯張守忠、惠安伯張元善暨大學士李東陽、萬安相友善，爲方外交。重建西劉村寺，宗風大振，名聞九重。賜額「廣濟」，遂爲廣濟開山祖。

先是，景泰間人有得佛像及石龜、石柱於土中者，云是西劉村寺故址。按：宋末有兩劉家村，在西者爲西劉村。村人劉望雲自謂天台劉真人裔孫，得煉氣法。一日，有僧號且住者過之，望雲出迎，僧喝曰：「守尸鬼！認得老僧麼？」雲無語。僧即曳杖行。雲執其手曰：「且爲我説法去！」因爲之建寺，曰「西劉村寺」。説法二十年。元末，爲兵火焚毀，蕩然無遺。至是，慧重爲興造，金碧煥然，雲水始歸。京師寶坊，斯爲第一。

慧爲明敏，性復沉静，雖曰默默，而機鋒所觸，犀利莫當。涅槃後，[注一]造塔於玉泉山二聖庵側。成化六年歲次庚寅朔越十六日乙未，帝遣禮部郎中孫洪諭祭於萬壽戒壇。詔曰：「爾早通釋典，克持戒律，正期闡揚宗風，何遽一疾而逝！爰昭錫典，特賜以祭。爾靈有知，尚其歆□。」樹碑於塔院。

大海洪禪師，其高弟也。洪弟子明仁、明宗，皆能祖述宗旨，一時稱許。有云：「前有大海名不弱，後有二蛟未生角。」至今百餘年，寺僧尚守其遺規云。

石户農人曰：地之靈也，豈不以人哉？一寺也，前何以興，後何以廢，前何以廢，後何以興，觀於且住、喜雲二衲，謂人不靈於地者，必其人非也。故吾於傳而詳其先後之興廢，以爲舉世之禪衲勸。

恒明美律師傳

釋湛祐

性美，字恒明，順天人也。父王母艾。師生

［注一］「涅槃」下，原有衍文「涅槃」二字，今據上下文意删。

而敦厚，性穎氣雄。母早喪，師泣曰：「慈親長逝，我將入山矣。」王公遂送入廣濟剃度。時洗元相和尚道風藉甚，師執弟子禮不少怠，周旋進退，悉中機宜，洗元大奇之。及長，見廣濟酬應雜沓，不可作焚修地，因退隱玉泉山之二聖庵。閉户禁足，草衣木食，并日而餐，有曇摩九年面壁之意。蓋崇禎元年事也。

興朝兵過玉泉山，所獲男婦盡衣以彩繪。見師有道，使其監守。兵發，師與諸婦處凡數日，誦經不絕，略無亂意，男婦皆敬服焉。兵退，悉全節歸。

崇禎十五年，皇師復從墻嶺下，守將逆戰半日，擒殺數千人，陳尸遍野。皇師還，師意豁如，若不知有軍旅事者。戰場外糜爛血肉，腥穢薰天，過客觸之輒病。師憫然愴惻，荷長鍬，率弟子復初往。是時，復初十五歲，亦樂與俱。至積尸處，掘土深四五尺，抱尸入坑埋之。復初顙有泚，掩其鼻。師變色曰：「此非人耶？汝怪之也！」復初用是不復憎惡。埋尸一月，復初或以他故辭不行，即責之曰：「作善事不了底，豈是好人？」以故復初無日不偕往。埋訖，天陰夜黑時，往往鬼哭，亦有白晝現形者，人或逢之，無不死。師即建水陸大會四十九晝夜，焰口後，四郊不復聞鬼哭矣。

當其始逢兵也，軍士以兩指之曰：〔注一〕「瓦迷」。瓦迷者，華言曰殺。其主者以師方外頭陀，令勿殺。師於萬衆奔竄中，低徊不去。明使來略地，又不疑貳。天下望之曰：「安得真實如恒師者乎？」師亦不以得名幸揚揚喜。苟非忠信篤敬足以孚遠近者，未易言此。

師住二聖庵，地甚逼隘。四方禪客歸之，計六千衆。請師上座，不許，曰：「我常行人耳，安知説法？」大衆固請，師却益堅。不得已，迎滿月法師升座講《華嚴疏鈔》。衆聞之，皆有省悟。功歸於師，而師謙讓未遑也。

師以一人飯六千衆，皆果腹無去意。師刺血寫《華嚴經》。飯而不菜，衆稱曰「白齋爺」。然恭敬滿月師與大衆等，至今常住有巨釜，煮粟二十四石，蓋遺迹云。師未策蹇入城市，而名嘖嘖禁庭。時吏兵兩曹以至御史、内院來謁者，車

〔注一〕「指」下，疑脱一「指」。

轍馬迹交於庵門，而司禮監太監王永祚尤加敬禮。諸公問：「常住米缺乎？」師曰：「否。」又問：「衣单足乎？」師曰：「然。」問答後，忽見行者自外擔菜入，衆訝之曰：「何不藝蔬？」師曰：「常住無圃。」諸公皆無語。王公獨發心買園十畝爲藝蔬地。則知白齋之戒，皆爲菜蔬不給而起。

世祖章皇帝順治元年，賊目李自成突犯闕下，荼毒生靈殆盡。皇師入關逐之。八旗所處，皆故明宅第，叢林未免築薛之恐。樂山僧爲廣濟

耆宿，不能支。馬化龍捨柳林地十二頃作贄見禮，迎師於二聖庵，師復如廣濟。爾時從師來者百人，大衆皆不行，滿月法師亦躊躇二聖庵中。師在廣濟，諸藩府聞之，不曰此絶女色之恒大師，即曰此埋枯骨之恒長老。其刺血寫經、請師説法、白齋自勵之行，感化行人，諸檀那慕之來者門如市。於是仍請滿月法師升廣濟座，講《護國仁王經》。八王隨喜至，見師有加禮。

五年春，師慨然曰：「叢林規矩敗極矣！滿月師已去世，法席久虚，且奈何？」玉光律師

滿月師已去世，法席久虛，且奈何？」王光律師
五年春，師慨然曰：「叢林規矩敗極矣！
王《經》。八王隨喜至，見師有加禮。
如市。於是乃請滿月法師升廣濟座，講《護國仁
法，白齋自勵之行，感化行人，諸檀那慕之來者門
即曰此理枯骨之恒長者。其刺血寫經，請師說
師住廣濟，諸藩府聞之，不日此絕女色之恒大師，
百人，大衆皆不行，滿月法師亦歸隱二聖庵中。
禮，迎師於二聖庵，師復如廣濟。爾時從師來者
舊宿，不能文。」馬化龍搭柳林地十二頃，作贊見
皆故明宅第，叢林未免藥醉之恐。」樂山僧爲廣濟
下，茶毒生靈殆盡。皇師人關逐之。八旗所處
世祖章皇帝順治元年，賊目李自成突犯闕
皆爲菜蔬不給而起。
王公獨發心買園十畝爲藝蔬地。則知白齋之戒，
不藝蔬？」師曰：「常住無圃。」諸公皆無語。
問答後，忽見行者自外擔菜入，衆訝之曰：「何
「否。」又問：「汝單尺乎？」師曰：「然。」
禮。諸公問：「常住米缺乎？」師曰：
轍，愚迹交於庵門，而司禮監太監王永祚尤加敬

朝五臺山回，晋京闕，師即請入方丈，執弟子禮。大衆皆從師意隨侍之，尊其戒也。廣濟爲都門律席，恒師實倡舉之。

大衆益多，常住忽絶糧。師曰：「糧盡矣，大衆何不乞食去？」堂中執事皆死守不散。遂鍵户，瞑目禪床。有頃，忽有叩門聲，啓所鍵户，顯功馮居士送米五六車至。師延入坐定，問曰：「送米於意云何？」顯功曰：「昨夜夢中似有人告曰，『廣濟絶糧，何不送去？』如是者三，故送來耳。」長安遂有成佛之謡。

是時復初上人十七歲，其兄德光諱湛祥。先以其未經剃染，故復初得常侍巾瓶。湛洽、湛寧、湛期、湛實、湛因、湛檜、湛裕、湛禮、湛禄、湛祚、湛岫相繼至，惟天孚湛祐上人最幼，與復初同隨杖履，得鉗錘之益居多。副寺樂山有孫曰慧全、慧鑒，及回首，二公尚稚，師撫之，屹然成立。樂山臨命時，有回禮之意，不受也。

十三年秋七月，發大弘願，供如意齋。齋名如意，佛家所謂大歡喜之義。有一僧，即與床帳衣服，日用動作之物靡不具。問其所好，罔不與之。上自知識法師，下及村俗無知之衲，皆平等觀，見則下拜，無傲色。齊魯燕趙閩越滇黔有名知識、平生嚮慕者，皆以前所供僧之物送之，悉如意焉，而成佛之説由茲定。

師乃南渡江，游雨花、牛首諸勝。東至靈隱，執净頭事三月。後過金陵，印藏經五千四十八卷。十六年秋，江南行脚歸，玉光師把手甚歡。十八年冬，玉光示寂。今上康熙二年，建大藏經閣，其額宮詹沈太史荃題也。

六年正月十三日寅時，呼德光、復初、天孚等卧所，曰：「大願已完，我將逝矣，汝等好爲之。」衆皆愕然，汗浹背。師沐浴披衣，盤膝叠掌而逝。建塔於玉泉山外。

史氏曰：我佛皆由行門起，我師亦由行門起。恒明豈肉身菩薩耶？何生之慈也？觀其不屑屑於色欲，不戀戀於貨利，以天下爲一家，是非不形，物我無間，其所造道至矣！然其無呼不應，無願不酬，苟非再來者，曷克臻此？恒明之爲僧神矣！世人捨此而求佛於西域，豈不謬哉！

滿月清法師傳

釋湛祐

滿月大師，姓杜諱清，號滿月，山東人也。少讀書學舉子業，博通經史諸家，其於正心誠意之學，尤所究心。不樂仕進，去而出家。後參學於京都卧佛寺岫和尚座下，聽講諸經。和尚問之曰：「汝識字否？」師曰：「未經師。」和尚心知其爲大器，佯謂之曰：「汝既不識字，且向樓上撞鐘去。」師即出，升樓撞鐘，不少怠。是時，慈慧院、慈憫庵、千佛寺、卧佛寺皆具講席。名僧據坐，善信如雲，四處聽講者千百計。師於撞鐘暇，竊往聽講。方過慈慧，又到慈憫，還至卧佛。三處聽講畢，仍歸聽本寺講經不廢，而樓上鐘聲未嘗間也。如是者五六年。

岫和尚疾劇，衆弟子繞榻圜立，問曰：「和尚涅槃後，誰爲繼席者？」衆弟子皆有希望心，略不以師爲意也。和尚張目移時，大言曰：「撞鐘者安在？」衆弟子相顧失色。和尚即將祖衣源流與侍者持付撞鐘者。侍者趨出唤師。師甫撞鐘訖，鏗爾。徐謂侍者曰：「和尚唤我耶？」侍者曰：「然。」師問何故。曰：「和尚命汝上座，且亟去。」即將祖衣授師，師拜受，上座講《華嚴經》一章。衆弟子聞之，驚且喜曰：「撞鐘者亦能爾乎？」於是深相嘆服。講罷下座，禮拜和尚，岫和尚一笑而逝。師以此主卧佛寺講席，檀護聽法者不減岫公在時。

崇禎二年恒明大師迎入二聖庵。師在玉泉山瞻顧徘徊，仰視峰巒之突兀，俯觀水勢之汹涌，呻吟有頃，曰：「我將老此山矣。」日與大衆講《華嚴疏鈔》《涅槃》諸經，閲十五載。大衆中有好文者，即以左史秦漢六朝諸書與之論；有好詩者，即以晋魏唐宋諸集與之談；有好奇思卓識者，即以莊騷荀楊管晏諸子與之語。諄諄然如父之訓其子，未嘗稍倦。

十四年，歲饑，絶糧凡數月，大衆食糠粃，不肯去，往往脱衣買粟以辦齋，其師弟之相得如此。常以膝示大衆曰：「我昔在卧佛寺撞鐘，聽講後跪諷《華嚴經》瓦礫中，不施具，今年近七十，膝上肉痂尚在。萬勿略得此中意，即置諸高閣也。」大衆皆唏嘘。間有問其聽經四處，不誤撞鐘者何？師曰：「此老僧好學耳。豈身外復有身耶?」弟子亦不敢復問。

師惡聞怪异，院中迭有奇瑞，皆不記。曉起時，侍者以銅盤盛水進，師沐後，侍者傾所沐水，盤底輒冰，且結异花，或蓮，或梅，或桃杏。盤日進，水日易，所結花亦日异。大内索之，監院抱銅盤獻。自玉泉山至宫禁，凡二十餘里，冰不化。皇后見之，冰方解。通都以爲奇。師笑曰：「此偶事，何奇之有?」皇后爲師送供養，師受之，不以爲泰。襄城伯李國禎，司禮監王之臣、曹化淳等皈依者凡千百人。

世祖章皇帝順治元年，恒師復入廣濟，請師講《護國仁王經》一期，八王無不敬事焉。二年，從容語恒師曰：「我將歸一聖庵，作西歸計矣。」遂示寂於玉泉山。其所留典籍、銅盤諸物，亦旋失云。

别室天孚祐題其畫像曰：這個老人，豁達放曠。卓錫玉泉，發無盡藏。明無無明，想非非想。或恐此公，文字所障。六經糟粕，諸史諢帳。何况西來，單提向上。法本非法，講無所講。劈破重關，一條拄杖。滿師爲何，舌尖榜樣。希聖希賢，演説快暢。借問自己，可曾厮像。師道甚高，師膽甚壯。化度衆生，口頭無量。花亦可獻，鐘亦可撞。勿與多言，此公崛强。

玉光壽律師傳

釋湛祐

玉光老人，諱寛壽，平陽洪同人，忘其姓氏。少時遍歷諸山，足迹半天下。順治五年，朝五臺山回，廣濟恒明大師請住方丈。杜門却軌，終日與人坐對，無一言，故弟子甚親炙者莫知其由。自主席以至涅槃，夜必燒燭坐至曉，未嘗曲躬，兀首挺如也。喜則笑，怒則喝，窅然不知塵世間事。渴飲饑食，有無懷、葛天氏之風。至其升座説戒，條理井井。一歲三期，共十三載，出其門者數千人。

世祖章皇帝聞之，順治十三年冬，親幸廣濟。住持德光入報曰：「皇帝駕臨。」師方瞑，張目曰：「親近老僧耶？」曰：「善。」師曰：「何不入？」住持曰：「方且迎駕。」師曰：「誰爲迎駕者？」曰：「和尚去。」師雅不欲出。大衆以師不接駕，方遑遽，而龍輦已駐山門矣。侍衛傳呼甚急，大衆固請。師不肯行，强扶掖出天王殿。衆皆蛇行匐伏，師屹立。上見之勃然，有頃，曰：「不接駕者是誰？」師默然。上微笑下，如正殿。住持勸隨駕，師以目瞠之，即趨歸方丈。駕回，輦將發，上謂住〔注一〕曰：「和尚不知禮。」住持惶恐謝罪。上還宮，問：「今日朕游廣濟，御史在否？」内臣曰：「在。」默然者久之，使侍衛來方丈，問曰：「不接聖駕，出何經典？」師抗聲曰：「出《梵網經》菩薩戒中。」以手抽經與侍衛，曰：「進呈皇帝看。」侍衛得經，即馳去。大衆爲師恐，相顧失色。師乃相羊杖履，無懼容。上御便殿，侍衛捧經至。上曰：「和尚如何對？」曰：「和尚禮在此中。」上展經，嘆賞久之。

越一日，召師入椒園。師不往，大衆勸曰：「和尚當保障此山師徒。」步入西華門，至萬善殿，衆知識皆在，師乃南向趺坐。傳云駕至，衆知識皆變色長跪，師卓然不起。上近師坐處，曰：「和尚好麽？」對曰：「好。」無他語。齋畢，即拖拄杖出。上又臨，問：「和尚安在？」衆曰：「行矣。」上頗重之，語衆善知識曰：

〔注一〕「住」下，據上下文疑脱「持」字。

「汝曹當學此老。」詔經筵大臣日講《梵網經》。講官購經急，經價騰貴。萬機之暇，常曰：「廣濟雖崛强，朕視之愈覺可喜。」遣使送幣，師即傳副寺曰：「汝將去賣之，買米供衆。」使臣曰：「此聖賜物也。」師曰：「有此不將供衆，受且何爲？」親王、元宰禮拜者不能悉數。十六年冬，奉旨説具足戒，賜衣鉢七百五十人。

十八年，駕崩，師親率大衆哭臨，極哀。尋歸方丈，嘆息曰：「萬歲既升遐，我亦無意人世矣。」是年十二月二十四日，終於方丈。荼毗時得堅固子六十餘顆。世壽八十歲，僧臘五十八歲。

外史氏曰：師亦峻絶已哉！凡人讀書，至段子逾垣、泄柳閉户，則掀髯大叫，自謂能之，一見朝廷，則悚然恐矣。玉師之見駕，何其异也！於戲！師亦峻絶已哉！

萬中禄律師傳

何元英

萬中老人，諱海禄，順天大興人。髫稚祝髮興隆庵。順治五年間，玉光和尚開戒廣濟，師與同衣相誡曰：「我等守戒未堅，當先登律堂，求造履、坐作、進退悉合規矩，方是衲子，非謂略知經典，以口舌爲活計也。況近來沙門佻撻，甚不守律，何稱佛者？」遂入廣濟。玉光師語人曰：「此真戒子也。」大加贊賞。師居廣濟，衣敝履穿，坐無越席，行無越步，經歲不聞笑語聲。行過處塵不爲動，即有喧笑其側者，師則凝坐寂然，視若無睹。玉光師以其純篤，非庸衆所及，拔爲教授。大衆中有好讀書者，師則欣然與之究解，終始無倦。雖崛强不馴者，與之處未經月，薰其德，皆化爾雅。玉光師愈益敬愛，見師入，則誾誾然歡若父子。然有問則答，未嘗妄下一語。出見大衆，澹然無繁言，而腹中空洞，不着一物，數十載如旦夕也。

八年，默然師坐方丈時，玉光師已入滅矣。默然師好游，不喜枯坐，遂去廣濟。恒老人率大衆迎師升座，師仍着前來舊衲冠履，行止與未坐方丈同。主席六年，未嘗輕責人過，拄杖且虚設堂中。有相角者，執事入白，師從容詰曰：「汝等執何事，乃使相角耶？」曰：「既角矣，和尚何以處？」師曰：「此何等事，不克排解，來白

何以處？」師曰：「此何等事，不克排解，來白
等執何事？乃使相角耶？」曰：「既角矣，和尚
堂中。有相角者，執事人白，師從容詰曰：「汝
方丈同。主席六年，未嘗輕責人過，往往且虛設
衆迎師升座，師仍着前來時衲冠履，行止與未坐
默然師守靜，不喜枯坐，遂去廣濟。恒告人幸大
八年，默然師坐方丈時，王光師已入滅矣。
如旦夕也。
衆，澹然無緒言，而腹中空洞，不著一物，數十載
歡若父子。然有問則答，未嘗究下一語。出見大

習化爾雅。王光師愈益敬愛，見師入，則闔然
始無倦。雖偏頗不測者，與之處未經月，薰其德
矣。大衆中有好讀書者，師則欣然與之究解終
若無諍。王光師以其純處，非庸衆所及，故爲
遠遷不居動。即有嘲笑其傾者，師則凝坐寂然，
容。坐無壇席，行無趨步，經歲不聞笑語聲。行過
一此真衲子也。」大加贊賞。師居廣濟，衣敝履
守律，何稱佛者？」遂入廣濟。王光師語人曰：
經典，以口舌爲活計也。況近來沙門儀識，甚不
道履，坐作、進退悉合規矩，方是衲子，非講習知

老僧?」曰:「彼不服我。」師曰:「汝德不可服衆,挂虛名何益?」遂奪其執事。用是兩序有不睦者,執事悉力以和,不使露諸色相。兩序感師之化,皆怡然無一言。以故説戒六年,檀那若不知和尚在方丈,大衆則畏之如嚴君也。

康熙七年戊申冬,作《持戒簡要頌》一百十四言,明白易曉,以訓後學。幽燕弟子皆遵之。檢藏之暇,著《正法經》五卷,行於世。撰作在別集中者,皆不録。搜今摭古外,好乘月獨行。聞誦讀聲,師即其門,佇立不去。時或以指彈户牖,弟子即知爲方丈來也。開門時師即檢其案曰:「所讀何書?」弟子以誦讀之書對。師聞之欣然,給以紙筆。其撫堂中新進皆如此,而於天乎上人尤切焉。文墨之緣不斷於廣濟者,實師有以基之也。語笑中節,冠履潔樸,不怒而威,不言而化。游其門者幾二千人。其最上者則曰:「非我師之戒,不及此。」師聞曰:「汝等能自向上,我何功之有?」

康熙十年,示寂於廣濟。荼毗後歸靈骨於二聖庵之塔院。

鴛水何元英贊曰：觀諸塵衆，緣假相結。如大海水，波濤起滅。戒等慈航，彼岸新涉。是何以故，而得净徹。惟解生定，灰木解脱。因定生慧，摩尼皎潔。宗教悉由，法無差别。萬中老人，遠離苦業。堅持净戒，律儀超絶。以此清凉，化諸煩熱。瞻斯道貌，菩提滿月。結跏趺坐，圓頂如雪。我聞至行，壽無量劫。勇猛精進，千花六葉。

德光祥律師傳

釋湛祐

湛祥，字德光，順天人，趙姓。八歲拜恒明老人，求剃度，許之，用是披衲於二聖庵。其在玉泉山也，恒老人且以其年尚雛，不以法律規之，故染而不剃。稍長，漸有成德，乃披剃焉。順治元年，同老人入廣濟。衆皆守戒，師獨喜結納。豁達大度，一言投契，揮金如土，視碌碌庸衆不屑也。因朝五臺山，得大空和尚戒，一變前所作爲，於是居然戒師矣。恒老人曰：「德光舉止非復前日，殆可托以行吾志矣。」順治十三年，老人南游吴越，印藏金陵，將束裝，遂立師爲監院。老人既去，師總持山門，復初師爲副寺，從如掌書算，皆名宿，練達常住事宜。故老人遠出，而大衆不易。

是時，世祖章皇帝結制二期，説戒一期，龍車數過，恩禮特隆。衲子雲屯，道風洋溢，雖師焦勞所致，復初、從如實勷成之。復初慎重，能爲大衆；從如檢料，纖悉不遺。以故師雖監院，而内外調理裕如也。大衆每嘆曰：「非恒老人安此二公，不至此。」十六年秋，恒老人歸，見山門氣象無异昔時，喜甚。

師與諸藩往來，不啻家人父子。章皇帝結

制，説法濟貧，作諸佛事，所降旨皆師拜受。師進椒園啓奏，語大臣曰「廣濟德光奏事」，上即傳入便殿，奏訖即出。一日數次，上不爲厭。以其常往，奔走勞頓，親出名馬賜之。

今上康熙二年，恒師復建大藏經閣。爾時東華門大街有僧蓋閣爲游覽地，當事爲其妖，執至刑曹。僧無辯，乃引廣濟蓋藏經閣事，欲將此以方彼也。部署即遣人問常住，欲與東華門僧一等議罪。閣將廢，師白部堂曰：「本寺後原有藏經閣舊基，非與侵占官街等。且閣之興，世祖皇帝皆聞之，非私意也。閣乃建於是。」刑曹相顧曰：「不聽德光言，幾污此廣濟矣。」恒老人藏經閣之興，惟師是賴。

十六年冬十一月十三日卒，享年六十五歲，戒臘三十歲。造塔於玉泉山二聖庵傍，即其離塵所在也。

外史氏曰：監院亦難乎其爲人矣哉！有道之衲，持誦焚香，不知世事者，良不少也。然一遇事變之來，能劈理分肌，如德光祥師者乎？以師如此作略，而又托以復初，資以從如諸宿，而後

成乃公事，而况其外之人乎？今之好獨斷而不用人聽言，剛愎不遜，自是其愚者，見師當如何也？噫嘻！德光可謂不負老人者矣！

道光會律師傳

釋湛祐

正會，字道光，汾州永寧人。父劉母李。師生而持重樸實，性直氣剛，有不可一世之意。離塵時甫十二歲，安國寺果從師撫之長。披度後從能隱法師聽《楞嚴經》。聽未竟，知識忽開，眼光識力與群兒自异。

世祖章皇帝順治七年，玉光老人説戒廣濟，

師即拜受焉。爾時緇衲漸衆，常住日給浩繁，師慨然曰「我將擊柝大同矣」，遂躡芒辭去。大衆皆不知所如，師亦不作別。歸見故園田廬榛莽，耆舊凋零，斷井頽垣，離離禾黍，低徊久之，不能去云。又矍然而興曰：「我道其南乎？」於是泛長江，浮震澤，往來於金陵、鐵甕之門，徘徊於玉峰、鑒湖之上。登高四望，滿目烽烟，憑吊久之，悵然自失。師由是折而北，歷齊宋魯趙魏，爲五臺之游，蓋順治十八年事也。

其在五臺，退然自處，不敢求异於人，見之者皆不顧。師乃於行單小憩。齋後客師皆出游覽，不戀師，師即徐步入梵園。暮春三月，澗溪草長，荒蔓四圍，路徑皆没。師乃揎袖拔之，作芟鬭焦芽計。忽見空中現金光五六丈，瑞雲中半露文殊寶相，下停尚隱金光中。師方錯愕，而菩薩已屹然前立。師禮拜，時而一片紫霞從東極飛來，捧之西逝，金光隨滅。師以白大衆，衆皆疑之。然師平生無戲言，洵不誣也。

本年冬，師見文殊後，發憤欲透一着子，行般舟三昧，百日不坐不卧，其勇猛之氣，直作與佛齊肩想。以故不戀戀都門，大同擊柝，蓋寓言也。

師久出，雲光師乃立闍黎於本院。康熙元年，復入廣濟，爲西堂首座，悉非師志。大衆曰：「師曾見文殊者矣，又行般舟三昧云何？」師聞之，輾然而已。是時萬和尚在座，雲光與師爲羯磨教授。十年，和尚終。因師説戒信安，不得與廣濟事，且應宗師府、萬壽戒壇兩期，不少暇，用是雲光師得主方丈。十五年，雲光游盤山不返，法席虚者將一載。監院迎師還。師入廣濟，乃立振寰上人爲闍黎。振寰爲燕臺華胄，恬澹自如，虔於禮誦，又能左右本山諸事宜，故師得不出叢林，而道風籍甚。

辛酉冬，今上皇帝幸臨藏經閣下，問：「和尚安在？」闍黎對曰：「前接駕者即是。」上曰：「何不見朕？」大臣即引和尚入。師欲拜，上以手扶起，曰：「起來。」上曰：「和尚何處？法臘幾何？」師對曰：「晋人，年七十。」上熟視有頃，曰：「殊健在。」上舉趾而東，師即隨駕。行入丈室，重瞳顧《般若經》，問曰：「此經共幾卷？」師老，重聽，不及答，闍黎對曰：「六百卷。」上曰：「朕聞此經八百卷，何云爾？」闍黎對曰：「二百卷《實相般若》亦在此中。」上曰：「汝言乃是。」即乘翠輦出。大衆但知闍黎相師之賢，而不知師之用人實有過人處。

嗟乎！悲夫！大覺匪易，真實亦難。道光和尚可謂空門之真實者也！夫以雲師去後，律堂有敧不可扶之象。師之來此，安然以處之，而大衆之規模如故，何其幸也！假令雲光去，師不歸，龍宮獅窟，蛇鼠穴之，且奈何？師之復來廣濟，安知其非文殊指示而爲此者乎？以是故，故師不忘廣濟。其主席也，見上而上重之，安人而人服之，其作略已概可見。噫嘻！師終不得爲真實於行門者耶？蓋確乎守律者矣。

復初仍律師傳

釋湛祐

燕京之西有玉泉山，民風悃愊，嬉嬉如方孩。編蓬爲牖，結茅爲軒，有太古之風。住持復初師居之。師楊姓，母王。懷抱時即捨入二聖庵出家。成童，隨廣濟老人行苦行，顛覆艱難，靡不歷盡。其行事大略載恒明、德光二傳中。師爲副寺時，出其囊積，修築二聖庵并塔院，不取給善信資財。本山諸耆宿嘗言於大衆曰，師從幼剃染，未嘗作俗人態。

十四年十月，父早喪，母獨居，師雖在廣濟，而定省不絶。母矢柏舟志，師愉色婉容奉事之，而恒老人亦爲其有至性，甚愛重。

老人之爲山門，日不安食，夜不貼席，長衣碎衲，赤脚行雨雪中，師無不追隨。老人供齋爲衆，菜必甘脆，饌必精潔。供養至數千人，而師無有少怠。老人坐卧無常所，終歲與十方人同寢處，而師無不侍。自客寮而園頭，而圊房，皆委一人總管，而師無不總。外而采辦出納之事，内而焦勞煩劇之工，一一托師爲之掌，而師調度秩如也。老人往往故掩其功而過痛責之且甚，而師未之或辯，怡然承受，無怨言。

其爲人也，行重語遲，一目稍眇，兩腮不髭，胸無城府，身肥而色蒼，見人輒微笑。十八年，德光師逝。僧録司心明與衆護法及諸山開士聞計，慨然曰：「如此法席，可無真心爲衆之人乎？」遂立師爲監院。爾時本山緇衲蕭蕭翹翹，潰然欲散，米無宿諸，瓶罍將罄，師獨當常住事不辭。

其嗣睡林叢上人，籍真定，寓居八里莊，與師有渭陽誼。來歸，摩其頂曰：「此子北人南相，可撐我門。」遂晋本寺。睡林雖年丰神清雅，舉止不群。可二旬許，其作略寬厚，酷類舅氏。此本山香火之所由永久云。師生徒三人，而睡林爲最。然進、然榮皆留守下院。

十八年，京師地震，所在院宇傾圮，恒老人舊建俱毁，師獨鳩工庀材，修蓋如故。前後梵殿，瓦縫悉裂，畫壁崇垣，剥落無剩。師乃晝夜修行，傷心蒿目，喟然作意曰：「仍雖不德，甫當監院，祇林凋謝乃爾耶！」是時，鎮國將軍法名如髻，發心重整。非師之碩德，安所募化之？一時執事悟修，蘭若納川，諸公均能奔走效勞，以成厥事。

其法侄然鈜、然悦、然志，係師髫稚撫養。諸公皆早歲喪師，伶仃孤苦，非師之慈愛，又安所輔翼之？大衆日繁，欲起東西禪堂，未就。髮竪眉棘，有極不堪之狀。見四五齡小衲，則輾然喜。

遺然欲散。米無宿諾，祇盡將歸，何獨當常住寺不
辭。
其間匯林叢上人，籍貫定，寓居八里莊，與師
有涓隱道。來歸，摩其頂曰：「此子北人南相，
可禪教門。」遂晉本寺。匯林雖年丰神清雅，舉
止不群。可一句許，其作略貞厚，語參員尺，此
木山香火之所由永久云。師生徒三人，而匯林居
最。然進，然榮皆留守下院。
十八年，京師地震，所在院宇傾圮，百名人書
運值汝，師獨鳩工庀材，修葺如故。前後梵殿，

縫未竣，晝壁無恆，剝落無遺。師乃晝夜修行，儒
心窮日，增然作意曰：「一切雖不適，甫當壁院，
衹林凋謝，乃衛耶！」一息所，鎮國將軍在吉讀
發心重整。非師之頂德，安所募化之。一時執
事皆修。蘭若紹川、諸公咸能奔走效勞，以成厥
事。
其公亦隨然受，未然況，然志。係師書稚慚壽。諸
公皆早歲入興師，令行孤苦。非師之慈愛，又安所輔
翼之人來日。欲起東西禪堂，未就。屢經眉
東，有酒不甚入床。見四五齡小兒，即歎然壽。

其心無適，莫類如此。禪堂久竣，願力猶未艾焉。進茶時必問曰：「大衆飲否？莫使渴。」進食時必問曰：「大衆齋否？莫使饑。」有一果之鮮，必送衆前。雖從不知味者，無私啖。則又感化檀那之大概也。

師所安執事，朝廷盡識其名，而師絶無非分想。聖天子駐蹕山門，游幸大殿，深嘉法地精嚴，有霽色。大衆皆傳朝廷一日之稱許，庸詎知復師繼往開來之不易也？

辛酉冬，大悲壇落成。斯時也，滇閩悉平，楚

秦向化，啓建祝國裕民道場四十九晝夜。和碩康親王奉命凱還，甚憫干戈之慘，又修大悲懺期二十一日。見師子孫蕃衍，重師德行高閑，聞其奉母尊師，爲之加禮焉。

天孚祐禪師傳

曹曰英

湛祐，字天孚，三韓金氏子。甫生而家遭毁，生七月而孤。六歲時得危疾，有道人至其門，手拈一丸藥投入師口中，疾隨愈。道人訂其母曰：「此子空門法器也，勿久留。」年十三，母送入廣濟寺落髮，師事恒明美尊宿。未幾，母亡，師哀毁

甚。久之，豁然曰：「吾有以報吾母矣。」於是恪遵師訓，讀經論解義。受具戒後，禁足書《華嚴經》。久之，忽有省發，遂南游江浙，遍參諸方。與靈機觀和尚問答投契，機緣不偶，復去。至京口鶴林寺，時天樹植和尚開法，道風甚熾。師留久之，深入閫奥，授衣偈。都門檀護啓請，師歸廣濟，於寺別築一室，韜晦自養。諸名刹往往延請開法，卒不一赴。

師室前種仙棗一樹，甚賞愛之，八景中所謂「仙棗垂瓔」也。久之樹壞，別種一樹，人皆不能名，或曰桐樹。康熙甲戌孟冬三日，車駕臨幸，坐別室中。問師：「此何樹？」師曰：「人謂之桐樹。」上曰：「非也。桐樹故多種，此甚不類。存之以待識者，勿强名。有花否？何時開放？」師曰：「季春時。」上曰：「花色云何？」師曰：「紫而藍。」上曰：「花時奏知。」明年乙亥春王朔旦，上賜御書《金剛經》八部，東宮賜文徵明所扶杖一。其年季春花放，師趨奏。孟夏朔日，車駕臨幸，坐花下，問侍臣曰：「識此樹否？」皆對曰不知。上曰：「此樹皮质柔軟，細蔓不旁引，枝枝上聳，蓋异樹也。」師跪奏曰：「樹凡兩株，其一植圃中，臣僧一并進奉。」上曰：「此樹勿動，圃中可也。」又曰：「爾爲宗？爲律？」師曰：「宗天童牧雲和尚之孫，得法京口鶴林寺天樹植和尚。」問答深合聖意，語多不録。特賜帑金、寺額。中元孟蘭會三日，特賜御書《藥師經》十卷、《十八羅漢贊》十首、臨米芾《觀音贊》一首，師拜受訖。日長至進樹暢春園，團團青翠，上甚悦。

是時，天童祖席啓請，師方欲請假，一夕示疾以逝。年五十四，僧臘四十一。建塔玉泉山下，爲傳臨濟宗三十三世。有偈頌詩若干首，未梓行世。

贊曰：天童一老，傳法十二。佛緣最深，光耀海内。師始以律，如谷傳燈。默悟顯修，歷然光明。孤陽獨回，窮冬陰沍。冰雪崔巍，風霜飄忽。西方聖人，歸以禪宗。東方聖人，扇以仁風。樓閣千間，雲堂一宿。何處是師，本來面目。

大悲壇記

沈荃

十六年秋七月，天孚大師鶴林得法歸。當是

時，滇南多事，禁旅遄征，干羽臨階，有苗未格。用是發願建大悲壇以祝國。居士蔡永茂聞而善之，即與俱。鄧光乾謂師曰：「汝欲建壇，鳩材屬我。」蔡與鄧同發是願，則壇於是乎有成説云。噫嘻！師亦一願也，蔡亦一願也，鄧亦一願也，衆人但知蔡與鄧之成師願，而不知師之成蔡、鄧之願而自成其願也。王寂本解其貂裘，趨別室曰：「師何以絶大功德引蔡、鄧二居士，不使我少分維摩一座耶？」師笑而受之。繼之起者曰梁允昌、曰侯居正。是二公者，則又因蔡、鄧之願

而自成其願者。自成其願也者，成師之願者也。上而峨冠博帶之客，下而挂錫披緇之侶，罔不倒橐以完厥願。

辛酉冬，工乃竣。諸君起問曰：「佛性歡喜，大悲之義云何？」師曰：「以大爲大，不若以非大爲大之爲真大也。以悲爲悲，不若以非悲爲悲之爲真悲也。世人所謂大悲云者，照徹欲界之爲大，救拔苦難之爲悲也，皆非也。落迦大士説法而已。爾謂之大而大無所大，謂之悲而悲無所悲。大悲者，無名而强名之詞也。果且有聲與

聞乎哉？」又問曰：「我曹結壇瞻禮之，有功德乎？」曰：「有。」曰：「昔者西域王通正游於鄭，鄭人構宮室苑囿臺池樓閣之屬與之處。顧而笑曰：『我居石門岩竇焉足矣，安所用此？』大悲菩薩，豈非石門岩竇之人耶？其素所悲不悲，端不在壇之成不成也。必築壇者，烏乎義？」曰：「此蓋僧之一愿也。天下甫平，擒縱南人，所在且有水火焚溺者，且有崖岸墜落者，且有軍陣相撞，怨家讎對，枷鎖杖禁者，種種凶惡，不可名狀。噫嘻！菩薩亦人爾，能不悲乎？噫嘻！我之願足，菩薩之願亦足也。」諸公曰：「菩薩者亦有建壇之願否耶？」曰：「大悲者菩薩，建壇者居士也。大悲於我一而已矣，然而不可褻也。苟斯壇之不建，則寶蓋蓮幢奚以安置？士女之瞻仰者，又何途之從也哉？故曰大悲者菩薩，建壇者居士也。」大悲像乃永茂獨成。并爲之記。

賜進士及第通奉大夫經筵日講官起居注
詹事府詹事加禮部侍郎加一級兼翰林院
侍讀學士華亭沈荃沐手拜書

栴檀佛記

嚴我斯

康熙中，佛弟子王國弼與其弟國臣，薰修自善。忽得白檀，高數尺，寶而藏之。良久曰：「此香可成佛，惜乏良工。」適江南劉拱北詣門請見。拱北，良工也。二子具陳得香事。拱北曰：「此栴檀也，世尊曾有之。」二子問以故。曰：「昔優塡王思佛而不得見，願刻像瞻禮。舉國名手皆在，第不識佛之面目何如，欲中止其事。目犍連尊者聞而憫之，白優塡曰：『汝等欲識佛狀，能引見。』王疑且駭，尊者遂使諸工升忉利天見佛，三返而像成。蓋周穆王十二年事，迄今歷二千八百載，而像乃迎入宮禁中，舉世罕見之。蓋有是檀者，未必發是願。舉是像者，未必得是工，無怪乎寥寥千百年，莫之覯也。子得此香而又遇我，安知不有數存乎其間？」二子然其說。三年像始竣。

別室天孚大師得法還，〔注一〕二子請至，出像隨喜，和南之後，如見故人，旋繞三匝，心神怡悅。退而嘆曰：「我終不得是佛供養乎？」斯時大悲壇尚未建也。又聞世尊下忉利天爲母說法，栴

〔注一〕「十」，原脫，今據書補。

檀佛像出殿相迓。世尊三唤，像亦三應云。辛酉冬，大悲壇落成，二子遂送入廣濟，大師奉迎供養。焉知佛不爲之色喜乎？於戲！優填之想佛，猶大師之想佛也。師方慕之而佛即副其願以到。庸詎知非三喚三應之旨歟？壇既成矣，佛亦臨矣。大師之願已滿矣。假令遠邇不識其神，壼掖不傳其异，則此像之來，又烏足爲祇林重哉？

是年十月三十日，朝廷駕幸壇中，一見斯像，又如他鄉之遇故，解白帨懸左臂而去，志不忘也。

余於此復有感焉。以千百年不得之香而王氏忽得之，又得普天下罕遇良工以造之，又得普天下僅見名僧以事之，又得普天下絶大上刹以供之，又得普天下第一聰明仁聖朝廷以拜之，則其理甚非偶然也。

世尊曰：「無爲真佛，實在我身，像安得應？」嗟乎！天下之大，感而遂通。儒家泥於理而不化，特未見非常之人耳。斯時也，翠華少駐，從容唤之，我知栴檀必應聲而出矣。是爲記。

時康熙二十二年歲次癸亥三月吉旦賜進士狀元及第

功兹寺者也。暨天孚和尚，寺益開拓，樓臺殿宇，金碧煥然，規矩莊嚴，威儀整肅，遂爲京師伽藍之冠。

天孚，故名家子，入寺時年僅十三。恒明知爲法器，深加愛重。性敏慧，嘗讀《法華經》有省，遂遍游東南，窮歷名勝。最後至鎮江鶴林寺，遇天樹植和尚，機鋒契合，因受法焉。都門檀越啓請還山。恭遇我皇上至聖至仁，爲人天宗主。萬幾之暇，留心禪悦。雅聞廣濟寺戒律精嚴，屢賜臨幸。天孚奏對稱旨，聖心嘉悦。御製廣濟寺碑文以賜，親書寺額，懸之山門。歷賜御書《金剛經》八部，御書《藥師經》十卷，《十八羅漢贊》十首，臨米芾《觀音贊》一首。皇太子賜文徵明所扶杖一枝。天孚自念遭際聖明，疊膺榮遇，惟有闡揚佛教，以祝贊皇圖。既建大悲壇，復慨然曰：「寺以律名，律因戒入。歲爲衆生説戒，而戒壇未立，猶闕典也。」詳考大藏，戒壇宜在寺之東隅，爲善神護持之地。壇凡三層，周圍遮以欄楯，皆白玉石鑿成，雲涌獸攢，過於繪畫。壇上供阿育王塔一座，塔中貯舍利子一顆。壇成，皇上親書「持梵律」三字以賜。每逢説戒之日，雲水畢至，緇素環列，祥光擁護，香氣氤氳，恍如諸天森羅。左右見者，咸贊歎不可思議云。余惟都城説戒之地，北則廣濟，南則愍忠，所設戒壇，皆架木爲之，規制未備，且方位失宜，不合大藏。若天孚之考據精確，締造嚴整，不獨天龍八部恒爲護持，於以衍佛法，於可久祝聖壽之無疆，其功偉矣。

余歲一再至其地，天孚求記於余。余嘉其所興建，深有合於佛法，而能爲我國家宣揚教化也，遂欣然爲之記。

康熙歲次戊寅孟春宛平王熙薰沐拜撰

金陵印藏序

周天成

蓋聞釋教之興，昉於周時。祥光發現，已知西方有聖人矣。自大雄氏以金身入夢，漢武帝遣使西迎，得《四十二章經》及摩騰、竺法蘭二尊者來，我震旦始重佛、法、僧三寶。故尼山氏創建儒教，猶龍氏肇闢玄宗，乃當時王公宰輔、异道九流於孔老二氏外，别聞夫天地我生、性命我造之旨。此三界惟心、萬法惟識之所自來也。

言。此三界唯心，萬法唯識之所由來也。
流於孔、老二氏外，別開天地，救生性命，我造之
儒教。猶龍氏闡玄宗，乃當時王公宗軸，昇道九
者來，殷震旦，治重佛、法、僧三寶。故尼山氏創建
使西迎，得《四十二章經》及摩騰、竺法蘭二尊
西方有聖人矣。自大雄氏以金身入夢，漢武帝遣
譜闡釋教之興，迄於周時。祥光發現，已知

金陵印藏序　周天成

康熙歲次戊寅孟春，宛平王熙薰沐拜撰

遠承燃燈之記。

興建。深有合於佛法，而能爲安國家宣揚教化也。
余歲一再至其地，天平求記於余。余嘉其所
偉矣。
爲護持，於以衍佛法，於可入祝聖壽之無疆，其功
若天平之苦操精進，締造莊嚴，不獨天龍八部恒
皆樂本爲之，規制未備，且方位失宜，不合大藏。
都城說戒之地，北則廣濟，南則憫忠，所設戒壇，
諸天森羅。左右見者，敢贊歎不可思議云。余惟
雲水畢至，絡繹環列，祥光擁護，香氣氤氳，洸如
皇上親書「持梵律」三字以賜。何幸逢說戒之日

佛祖垂世立教，於諸方世界出廣長舌相，隨上中下，演大小乘。但有聞經者，皆爲一切諸佛之所護念，得不退轉於阿耨菩提，於世出世之力，難解之法而能歡喜信受，其功德可思議哉！至於經之來東土，自梁魏隋唐諸君，尤爲篤信。貞觀間，敕法師玄奘演譯闡揚，而聖教一敘，遂括之淵海矣。

迨至明朝，修復南藏經，繕始起於高祖。北藏於永樂庚子梓，成於正統庚申。萬曆七年，聖母李太后皈依釋教，頂禮尤虔，印施續藏。自

《華嚴》《圓談》以下四十一函，共計前後經文六千七百一十四卷，六百七十七函。此南藏之全數也。現貯江南大報恩寺。北板全經貯於大内。不意年久，比遭寇亂，釋典散遺已多，南板之殘缺過半。

有松影和尚者，禪門之法師也。性嚴圭璧，戒凛冰淵。始住於盧山，既而廣陵，後卓錫報恩寺。慨然以補造藏板爲己任，洵莫大之功矣。

予自戊戌夏奉璽書，織造江寧。偶過長干，瞻禮寶塔，僧即指示貯藏板之處，墻壁傾圮，軒窗

頽壞。明之二百餘年，爲風雨之所剥落者有矣。視無雀鼠穢垢之迹，亦天龍護持之力大耳。予見藏經閣經板，功成洪鉅。何敢惜涓滴之水，不以益高深？於是翌然動念，捐微俸以助其功，猶土壤之加泰山耳。正在庀材鳩工，忽有都門廣濟寺住持律師恒明等，持司吏院掌印理事官張公嘉謨暨馮公顯功、張公起祥、劉公登科、孫公繼儒等書并捐資，屬予印藏全經，以董其事。此衆宰官之願力相濟。侍御孫公魁布金二百金，有同善云。予亦自捐薄俸。用是衆力成功，克勷厥事。雖云浮圖合尖，不過藉諸公之力以集成耳。

大抵全經，固有要道。儒以盡心知性握其宗，道以修真養性提其要，而釋以明心見性洞其源。總之三教合一，自古皆然。若佛祖以天上天下之尊，闡無上無邊之法，以三千大千世界願力宏施。自天子以至庶人，必以忠孝節義爲本。方今聖天子聰明睿智，富於春秋，教敷釋典。現有萬善殿、蕉園各處錫米、賜號、賜紫衣，晨夕祝延。再諭禮部，以《傳燈》附入大藏。頒賜諸王大臣《楞嚴》《尊經》各一部。迎請大善知識，以談性命之學，將見淡薄無爲，以奏恬熙之化。一時公卿士庶，靡不信受皈依。實知善法之誘掖，可以佐刑賞之不及者，則佛教之功不淺矣。即諸印藏護僧之力，予敢猥云功德哉？

印藏檀越開列於左：巡撫江寧等等處地方都察院右僉都御史張中元，督理蘇州織造司設局掌印加一級馬偏俄，督理杭州織造掌印務事陳秉正，巡按陝西監察御史孫魁，江南等處布政使司布政使陳培楨，督理蘇松常鎮四府糧儲道左參政王添貴，分守江寧兵備道布政使司右參政李翀霄，江南江安等處督糧道布政使司右參政范廷元，江南池太兵備道按察使司副使張文光，江南通省驛傳鹽法屯田道按察使司副使吴大壯，江南都使司掌印都司徐烶，蘇州府知府鄒蘊賢，蘇州織造物林大張成福、李逢春，筆帖式汪顯明，江寧織造物林大孫繼善，筆帖式葛勒，原任浙江嘉興府秀水縣知縣孫繼儒，江南布政使司長銀庫郭鼎，户部辦事管理馬獻祥，信士馮顯功、張起祥、劉登科、黄旋相。

時順治己亥仲秋望日臨濟學人

遼左周天成題於織造公署

傳臨濟正宗三十三世沙門湛祐遺稿

監院沙門然叢編輯

白下余賓碩鴻客較訂

賦贊跋

廣濟寺賦

釋湛祐

僧自江南歸，城郭依然，丁公已化。一聲長嘯，鶴唳猿驚。客見園中樹陰交雜，時鳥變聲，整冠而請曰：「師以法王之學，連才子之文，必有過人詞藻，幸爲我賦之。」山僧偏袒合掌曰：「敬聞命矣，但愧不文耳。」因即席而爲之賦曰：

惟廣濟之叢林兮，臺殿鬱以嵯峨。東枕西華以卜築兮，決法海之洪波。嘆車塵之擾擾兮，仿佛寢食於岩阿。花澹蕩兮落蔭，樹龍葱兮交柯。鐘聲沉沉兮相發，鶴影翩翩兮乍過。何須軒冕而佚豫兮，即方袍圓領而亦可婆娑。面目兮祇林，道德兮恒河。我常終日閉關而定想兮，蓋空諸所有而不知其他。出門惘惘有不可一世之意兮，且埋頭獨善而學夫詩歌。蒲編兮咀嚼，竹簡兮吟哦。猛然界之炎火兮，迴革去乎從來意想而拜我彌陀。塵沙兮金馬，荆棘兮銅駝。奚况此區區之蘭若兮，詎足托游方之迹而爲安樂之窩。秋清小屋兮，可供高枕；月明深樹兮，可起沉疴。

爾乃南北奔馳，不知所止。本分持循，留心生死。八極一言，三昧一指，夢幻泡影，宗門如是。水向東流，雲從西逝，經不可談，道不可試。慧外無禪，定中無事。問學佛之原，則靈山在空；問開山之心，則大隱在市。子雖屬我以綉虎雕龍，我已掃除一切而不立乎語言與文字。

歌曰：廣濟兮清幽，僧衆兮薰修。達人大觀，廢址荒丘。

又曰：廣濟兮蕭森，僧衆兮登臨。達人大觀，絶壑深林。

亂曰：泰山頽兮黄河竭，星斗虧兮烟雲滅。惟有廣濟風，千年吹不絶。

觀音三十二變相贊跋

高兆

觀音大士普願護群生三十二相，傳寫供養，殆遍塔廟，從未有以應身表示現者。別室天孚禪師住持廣濟律院，修建梵宇，親承鶴林天樹老人

〔注一〕「化」，據上下文意，疑當作「代」。

付囑，提唱濟宗。於化度之暇，念大士願中以種種形度脱衆生，當使人天覿面相見，作頌拈舉真諦。衆學人睹聞，踴躍捐捨善財，備諸毫素。適吾友廖子引公客燕，因請繪寫，永供兹院。俾諸有情頂禮圍繞，悟形异法一之義，各乘大願，用證菩提。兆訪舊相過，躬逢圖成，禮誦莊嚴，得未曾有。不敏載筆，敬跋於後。按：院爲成化廿三年尚衣監太監廖公屏所建。後二百年，禪師嗣法重興，而廖子來寫此像，异化同姓，〔注二〕因緣感應，蓋不可思議云。

敕建弘慈廣濟新志下

傳臨濟正宗三十三世沙門湛祐遺稿

監院沙門然叢編輯

白下余賓碩鴻客較訂

尊宿

萬松老人，名行秀，河內人。游燕，歷潭柘、慶壽各刹，亦曾挂褡西劉村寺。後參勝默光禪師，令看長沙轉自己歸山河大地話，半載無所入。光曰：「我只願你遲會。」一日有省，復於元沙未徹語有疑。行脚至磁州大明，請益雪岩滿禪師，力參廿七日，於滿言下廓然大悟，滿以衣偈付之。旋還住中都萬壽。金章宗請入內廷説法，宫眷羅拜。建普度會，萬衆雲臻。復詔師住大都仰山，次移錫報恩洪濟。元太祖庚寅，復奉敕主萬壽。晚年退居從容庵。數遷巨刹，大振洞上宗風。至元定宗元年丙午後四月四日示疾，七日書偈而逝。世壽八十一，臘六十。建塔於西劉村寺前。今乾石橋北磚塔是也。

雲光師，精持毗尼，歷任羯磨，曾演律於寺。後歸盤山，不知所終。

密圓師，專心本分，不務塵囂，長年爲常住化米，每家一鉢，每月再收，有聚沙成塔之意。歷數十年無倦，廣濟一衆賴之。人謂之「千鉢師」。

復庵師，處西堂之位，儀度端肅，緇素望見即改容瞻禮。然師閑雅温厚，令人可畏可親。學者瞷其獨處，趺坐觀心，長年無懈。

欣怡師，堂中散衆也，亦不詳其生緣。年尚少，凛然有不可犯之色，耆宿皆敬禮之。忽一日，從容語同衣曰：「乞與某甲寫一帳。」同衣捉筆爲書。欣曰：「某物與某，某物與某。」同衣訝之，問曰：「汝將所有散訖，殆將死乎？」欣笑曰：「然。汝以爲奇特耶？」同衣驚告於衆，群往視之，則已瞑目化去矣。

克念師，能背持《楞嚴》《法華》《梵網》諸經，少時行脚南方，遍參知識，諸山盡識其名，晚歲北歸，棲息廣濟，日持彌陀萬句，兩行般舟三昧，不求人知而善信來叩者接踵。對客默然，間出一語，先事有奇驗，蓋静極而通也。

玉庵師，爲尊證闍黎有年，禮拜《華嚴經》，寒署無間。道範整肅，有古尊宿之風。

翠峰師，本京人，玉光老人之闍黎也。高潔不詭隨，又能悅衆。玉老人門風高峻，目空一世。師獨執侍多年，老人最愛之，且曰：「如我闍黎，方是衲子。他何能及耶？」大衆受峰鉗錘者，皆成大器。至今學者稱之。

普化師，修行真實，自焚香禮佛外，不知有門外事。常謂人曰：「我等衲僧家，生死事大，自治不暇，乃與他事，唐喪光陰哉！」或有冠蓋來訪，即辭以他，出避之。倘有相晤者，對之默然而已。

徧如師，爲人慎重周密，生平無一戲言。來往堂中，人皆欽重。雲光師去盤山不返，寺中無主席者，戒子星散，師獨留不肯去。曰：「學者原由自己，豈在他人手中討生活耶？」後果成律門耆宿。

續光師，日事持誦，不游市廛，堅守戒律，口不妄開，齒不輕露，焚修禁足，絕不接見賓客。生平道契，惟恒明老人而已。

恒老人，普設如意齋，忽有癩頭陀入，腥穢不堪聞，堂中人輒掩鼻却走，執事揮之出。頭陀

翠峰師，本京人，王光若人之關繫也。高潔
不諳，隨又能悅衆。王若人門風高致，且空一世。
師獨勅行多年，若人最契之，且曰：「如我謂
參，方是孫子。他何能及耶？」「大衆安峰鎮
者，習成大器。至今學者稱之。

普化師，修行真實，自焚香禮佛外，不知有門
外事。常謂人曰：「披拳衲僧家，生死事大，自
治不暇，乃與他事？唐喪光陰哉！」或有冠蓋來
訪，即辭以他，出避之。偶有相值者，對之默然而
已。

衍如師，為人質重周密，平生無一戲言。來
往堂中，人皆欽重。雪光師去盤山不返，寺中無
主席者，故于星散，師獨留不肯去。曰：「學者
原由自己，豈在他人手中討生涯耶？」後果成律
門耆宿。

續光師，日事持誦，不游市廛，堅守戒律，口
不妄開，齒不輕露，故終禁足，絕不發見貴介。生
平道契，惟道眼老人而已。

□上人，普設如意齋，返有龜哥之人，堅誠不
諶開堂中人，亦檢鼻中苦，亦事摘人出，真究

曰：「齋名如意，獨不如我意耶？」衆异其舉止，因延入堂。恒老人三拜，引之上坐，供以伊蒲，頭陀無所不啖。臨去，索䞋，恒師與之。且曰：「未能充我願，何名如意？」師又與。復曰：「未能充我願，何名如意？」師又與。將出，復索酒肉。師難之，頭陀笑曰：「是終不如我意矣。」師以錢授之自市，頭陀乃欣然曰：「是可名如意矣。」遂辭去。去後，職事檢所供食物與錢，宛然仍留客寮。蓋應化聖賢也。

道庵師，一生苦行，至老不移。常語人曰：「做衲子不勤辦本分事，出家何益？」一見恒老人則禮拜曰：「此真善知識也。」

道光師，曾演律於寺，僧俗雲臻。後入五臺，不歸。今上皇帝御書「松風水月」四字賜之。

敕建弘慈廣濟新志下

傳臨濟正宗三十三世沙門湛祐遺稿
監院沙門然叢編輯
白下余賓碩鴻客較訂

塔院

玉泉山西麓，塔院一所。中建歷代方丈塔一座，中内建五十九龕。左普同塔一座，德光祥律師塔一座。

右開建律院，恒明美律師塔一座。復初仍律師塔一座。塔院中碑一通，祭臺一座，五供一分。南房七間。北房七間。垂華門一座。大門一楹。小樓一座，南角。四圍，石垣繞之，林木參天，盛夏暑氣不侵。塔右新建臨濟正宗第三十三世天孚祐禪師塔一座，在塔院之穆，圍墻繞之。塔上照房三楹，外出厦一間。中塔銘行實碑一通，祭臺一座，五供一分。大小羅漢松二百餘株，維樹不贅，林木茂盛。

敕建弘慈廣濟新志下

傳臨濟正宗三十三世沙門湛祐遺稿

監院沙門然叢編輯

白下余賓碩鴻客較訂

下院

二聖庵，三門裏鐘鼓樓二座，二聖殿三間，後大殿五間，東西禪堂六間，耳房四間，大廚三間，後觀音殿三間，大鍋一口，在玉泉山西北。華亭汪曆賢詩「新緑漲天猶吝夏，晚花貪水未歸春」，即其處也。昔年於此演律，僧俗萬指，大鍋尚存，炊米二十四石。

玉泉山飯僧地二頃二十畝，坐落二聖庵。

昌平州西南太監馬公化龍捨飯僧園地一十二頃，坐落柳林村。

彰儀門外天寧寺東墻下菜園二十四畝，瓦房五間，井二圓。康熙二十六年置。

傳臨濟正宗三十三世沙門湛祐遺稿

監院沙門然叢編輯

白下余賓碩鴻客較訂

題咏

冬日過廣濟寺

袁煒

凍日蒼涼風滿衣，聞鐘下馬訪禪機。早知流水東西去，不及閑雲朝夕飛。貝葉翻經清磬遠，桃花滿觀冷烟微。老年數欲尋玄理，寧待朝像叩此扉。

宿廣濟寺

程敏政

早晚朝簪出苑城，喜投禪室坐深更。頓疑身在山中住，却記詩從馬上成。把釣未能歸計拙，照人偏是佛燈明。枕酣一夜清無夢，蕉鹿當年亦浪驚。

偕白塔寺欽上人過廣濟寺

葉維榮

扶節偕道侶，日暮叩松寮。老衲通禪理，疏鐘應海潮。翻經人悄悄，揮麈鬘蕭蕭。一與法筵接，清言共此宵。

題廣濟寺

紀映鍾

晚寺蒼茫鴉亂飛，朔風凜凜弄寒威。鐘聲起處行人少，猶有山僧帶雪歸。

冬日同鄭侍郎游廣濟寺 余懷

古槐深殿徑通幽，風動旛幢瑞靄浮。吟就碧雲探白社，踏殘黄葉見紅樓。鐘鳴午夜寧知省，鴿繞空王不解愁。莫謂老年貪佛日，平生意興在林丘。

過廣濟寺 王澤弘

薰風春暖護胚胎，遲日烘雲花漫開。我向海棠親致語，今朝不爲老僧來。

方丈濃陰自潔清，手栽奇樹不知名。葉垂深緑花凝紫，獨坐蒲團對月明。

冬日游廣濟寺和廣霞韵 鄭重

蒼蒼古木愛清幽，寺後西山一片浮。野衲經行芳草地，詩人吟嘯夕陽樓。每從退食思行樂，便與同心豁旅愁。回首皇居照丹碧，畫圖難得李營丘。

游廣濟寺用前韵 鄧瑛

風塵隔斷上方幽，佳氣葱葱寺裏浮。清磬聲招雲外客，白毫光抱空中樓。禪機直欲窮三乘，羈思真能慰九愁。滿眼繁華望宮闕，此身今日在蓬丘。

游廣濟寺用前韻　陳于王

林間鳴磬夕陽幽，樹泊閑雲宿雨浮。鳥語不離清靜地，佛光常現妙香樓。天花散處人同樂，蓮社開時客遣愁。欲問無生尋惠遠，人間何必羨丹丘。

廣濟和韻　查克敬

宮闕輝煌佛寺幽，曈曈曙色瑞烟浮。蓮花開後風飄塵，貝葉翻時月滿樓。古樹雪消禪客定，暮山簾捲故鄉愁。勝游未易還心賞，却擬乘閑訪比丘。

過廣濟寺　朱端

樓臺空際出，門外五雲飛。白業三乘妙，青苔一徑微。雁堂風渺渺，龍藏日輝輝。便與禪栖客，清言不忍歸。

同馬祖修過廣濟寺　袁啓旭

飛閣聳霄漢，天高雲氣清。映窗松子落，繞檻鶴雛行。鷺鷥回頭見，琉璃照眼明。已知清靜理，不必學長生。

初地留天語，洪爐發御香。青園開白社，紫禁接紅墻。樹影雲千片，鐘聲月一方。何當共秉燭，問法接高光。

同昭亭游廣濟寺

馬幾先

忽與塵囂隔，入門宮殿清。偶聞一磬響，如在半山行。天語傳松籟，香烟靄月明。未能逢惠遠，何處問無生。

漸覺來幽處，行聞一院香。飛花紅撲面，細草緑依墻。鳥雀喧深殿，鐘魚隱上方。舉頭瞻睿藻，初地有輝光。

游廣濟寺和前韵

蔡垈

寺與皇居近，人沾雨露清。磬幽通宛轉，僧老慣經行。飯罷鳥争下，燈懸月并明。憑誰相問法，天竺古先生。

夜夜天花落，微風吹妙香。幢幡常繞閣，薜荔復緣墻。金埒開初地，瑶函賜上方。紅樓一以望，如見白毫光。

游廣濟寺

洪韶

香林夕照開，一杖破蒼苔。月殿僧初定，花臺鳥不猜。階前青樹合，鐘後白雲來。欲問無生法，還應訪辨才。

過廣濟寺

朱庭柏

遥聞鐘磬音，一徑愜幽尋。人有烟霞氣，門垂蘿薜陰。青雲看道器，白月净禪心。聖藻光輝處，人知雨露深。

題廣濟寺

龔鐸

莊嚴不與舊時同，月殿花臺聳梵宫。門外軟塵三十丈，那知僧老磬聲中。

同石農白紅橋看落照遂過廣濟寺

查弘道

氣静虹垂水，光斜山壓城。樓臺照金碧，鳥雀墮空明。遂接幽人步，還爲初地行。聞鐘深自省，真欲謝浮名。

廣濟寺祝天孚兄五十壽

釋超揆

始信人天定有師，歲寒今識傲霜枝。法身何礙威儀覓，壽量惟應鶴鹿知。沙界三千猶可算，趙州百二未稱奇。未流砥柱心常苦，試看星星兩鬢絲。

贈睡林法侄

前人

操持瓶鉢有家傳，更向滹沱荷一肩。壇建喜看弘律虎，社開何必種池蓮。五雲卓錫原無住，十字開鑪待有緣。誰道睡公真瞌睡，大千沙界枕頭邊。

自玉泉浮舟至高梁橋信宿廣濟與睡林續寱諸公篝燈夜話 前人

去住皆塵迹，何分律與禪。欲尋梵王宅，遠泛御溝船。燕市沿流句，盤山應化賢。掀髯同一笑，剪燭竟忘眠。

和輪庵和尚自玉泉投宿廣濟寺 余賓碩

徒然天下士，一笑已逃禪。花暖石門路，烟深泖水船。蓬蒿容我懶，緇白數君賢。料得經行

處，聞鐘夜不眠。

重過廣濟贈睡林上人 前人

信步過禪舍，西風肺氣蘇。一燈明暗室，半偈醒迷途。花檻清晨鶴，烟鐘子夜烏。六時持誦好，心地不荒蕪。

己卯秋日同敬夫過廣濟訪睡公 前人

樓閣浮雲外，松杉落日邊。暗塵消晚磬，清梵響秋天。馴鴿寧知法，拈花欲問禪。如何第一義，自古少言傳。

摇落逢時晚，招携與客閑。徑迴秋苑草，簾

十字開遍待有緣。誰道雁公真臨濟，大千沙界枕
頭邊。

自玉泉將至高梁橋信宿廣濟與雁林讀書

諸公攀登夜話　前人

去住皆塵迹，何分律與禪。欲尋梵王宅，宜
向禪話。燕市沾流句，盧山應定賓。城闕同一
笑，剪燭意忘眠。

和輪庵和尚自玉泉投宿廣濟寺　余賓碩

徒然天下士，一笑已逃禪。抗暖石門路，烟
深御水船。蓬蒿容我輩，緇白數君賢。梓得逕行

處，聞鐘夜不眠。

重過廣濟贈輪林上人　前人

信步過禪舍，西風沛氣蘇。一燈明暗室，半
榻靜迷途。花燼清晨鶴，烟鐘午夜烏。六時持誦
好，心地不荒蕪。

己卯秋日同鄭大過廣濟訪雁公　前人

樓閣浮雲外，松杉落日邊。疏鐘消晚磬，清
梵響秋天。興靜寧知法，拈花欲問禪。如何第一
義，自古少言傳。

經落禽時見，拈搭與客聞。至迴秋晚草，漸

捲夕陽山。雙闕金莖外，諸天銀漢間。徘徊龍象側，日暮不知還。

冬夜宿總持堂用少陵夜宿贊公土室韵二首

前　人

琳宮敞天衢，微塵消蹕路。悲風颯恒河，從容得車渡。我心曠以閑，茲游愜平素。訪舊引禪機，彌新結山趣。逍遥龍藏探，俯仰花臺步。澹然望遠空，佳氣窮四顧。一室土銼烟，趺坐忘寒冱。華月吐流雲，靈禽息嘉樹。冷冷鐘磬音，〔注一〕萬象紛已暮。因之悟吾生，繁霜變零露。

人閑境逾清，月明心更静。征鴻戀群游，野鶴愛孤影。儒釋本异源，清談忘夜永。茶香烹活流，飯軟煮甘井。飛蓬轉天涯，寂悟夙所秉。前途窮杳渺，後念懸高迥。世事付雲雷，吾生墮箕穎。以此慎風波，瞭然就幽屏。尋空願啓鑰，觀化惜騎嶺。何當解愛網，獨立三峰頂。

贈睡林上人

曹曰瑛

蘭若依丹禁，翛然隔軟紅。閑看雙樹老，静覺一身空。寵渥承天語，莊嚴邁祖風。自憐難入社，茶話暫時同。

〔注一〕「冷冷」，據聲律及詩意，似當作「泠泠」。

己卯秋日同石農過廣濟寺訪睡林上人

章松

鐘鳴開廣濟，樓閣五雲邊。樹影濯初地，曦光徹梵天。鴻聞歸説法，花笑待安禪。上有聖人字，書來萬古傳。

招提臨帝座，選勝訪僧閑。見月如臨水，開門似入山。雲垂秋殿角，風定戒壇間。況得幽人賦，相携共往還。

張昭

重過廣濟寺訪睡林上人

三年重過訪，禪寂意閑閑。階老巢雲樹，苔添畫壁山。天章褒物外，花雨落人間。馴鹿隨飛錫，聞鐘亦解還。

題廣濟寺月臺古槐

姚景崇

古槐陰下有神仙，不見神仙幾百年。今日乘風來樹下，晚鐘敲徹夕陽天。

廣濟寺後古槐下納凉

郭鉽

鐘静天空風寂然，暖烟銷盡古槐邊。濃陰亦有山林意，莫遣蟲聲來替蟬。

壬申三月九日過廣濟寺藏經樓看海棠

張英

萬斛車塵吹軟風，擾擾闤闠喧囂中。焉知咫尺有佳地，香林一鶴塵埃空。縠雨纔過名卉發，紅雲兩簇樓西東。我正來值爛漫時，錦幢綉幄花重重。自昔西川號繁艷，海棠香國將無同。別有神仙好丰骨，苦教桃李若爲容。最是斜陽烘屋角，粉腮亂點腥腥紅。惠休知予惜花意，徘徊宛轉芳樹叢。爲言居士今老矣，一年一度難遭逢。須乘旭景再來看，烟開露濕春溶溶。我聞斯語笑未答，發人深省如晨鐘。便是上乘微妙義，不須更與叩南宗。

前題

張廷瓚

柳絲摇緑啼春鶯，垂鞭拂袖風微生。乘閑走馬過蘭若，海棠雙樹當階迎。扶疏老幹各异態，〔注一〕丹霞輪菌紛縱横。小綴朱絲琢紅玉，半含細蕊懸春星。微雨輕陰若朝沐，低昂不定隨風傾。恍如華清宿酲重，羯鼓催促愁難醒。自昔諷咏放翁句，錦城歌吹看花行。東阡南陌逞嬌咤，揚州芍藥羞同稱。祇今無復一枝在，碧鷄坊裏繁榛荆。燕山名卉不易得，慈仁古寺羅修莖。可憐濃艷雜塵市，弱質怯與囂塵争。何如此花托清閟，

〔注一〕「熊」原作「熊」，今據上下文意改。

遠公謝客門常扃。丹樓百尺起天際，嫣然欲語依前楹。我來花底日將夕，晚烟落照光盈盈。周遭諦視那忍別，輪蹄頓使心魂清。想象朝景更奇絶，露花滋浥紅蘇蒸。更擬重過存後約，夜來風惡無停聲。天公好事不相惜，枝頭香霧應難勝。明年探取任朝暮，更待墜粉傷飄零。

己卯暮春曹恒齋供奉招集諸子廣濟寺看海棠

馬士芳

瑞靄氤氳隱梵宮，尋幽步入海棠叢。纔標嫩碧三更月，忽吐嬌紅一夜風。春接上林分富貴，香生初地破鴻濛。光輝總是君王借，正與身沾雨露同。

消受繁華清磬聲，顛狂記得放翁名。千愁萬恨耽春睡，舞蝶游蜂戀晚晴。宿酒未醒微雨過，流鶯欲囀好風生。莫將街鼓催人去，銀燭高燒照錦城。

前題分得十五咸

汪灝

春風來初地，川紅發香岩。一夕燕支雨，絳綃潤春衫。艷質喜皈佛，花鬘對經函。宛如優婆花，色相迴不凡。梵音入高枝，珧珠繞渢渢。翻疑剪紫霞，天女散摻摻。老僧飯清齋，世味殊酸鹹。復指優曇花，威儀尊古杉。濃淡眼前樹，幽窗雲外岩。心境萬象清，榛莽一時芟。勝因難忍歸，西山從日銜。

前題分得十二侵

查嗣韓

頗聞仙種植禪林，良友招携入院尋。一笑乍疑神女現，半開微覺彩雲侵。多情合帶繁花相，不語真含錦綉心。最愛戒壇清净地，名花相對話幽禽。

雙雙瓊樹共爲林，櫪馬嘶來盡合簪。天近獨

饒雲日麗，春深不怕雪霜侵。籠紗書在瞻羲畫，擊鉢詩成雜梵音。歸到蓬山誇盛事，亂英猶自襲衣襟。

前題分得八庚

黄叔琳

玉河金穗留鶯聲，天街十二春正明。化城香閣絶人境，奇葩移值從瑶京。莊嚴龍象始昭代，時傳翠輦花中行。紫錦雙株竦百尺，夭桃穠李孰抗衡。曉光欲奪碧瓦色，夕艷慣與紅霞争。恍如懸圃群真集，翩翩鸞鶴來合并。又如昭陽讌未畢，三千雜遝理鳳笙。閶闔九重添氣象，上林虞譜徒虛名。看花續舉南皮會，不及飛觴擷紫英。時不及赴。主人才子東阿裔，承恩甲第連太清。芙蓉閣下捧御賜，墨花松雪同春榮。藉君補却少陵闕，香粉毫端宛轉生。

前題分得九佳

萬經

春暮晴空風日佳，招提選勝有同懷。客攀祇樹多因色，僧設伊蒲且當齋。消得清芬尋翰墨，引來雜珮走裙釵。蕊珠宮裏天花落，雲際門高閶闔排。

前題分得五歌

曹彥栻

珠宮紺宇高峨峨，翠華游幸時鳴珂。繚垣廣廡拓十丈，海棠滿樹當盤阿。結根清淨塵不起，離離細蕊生猗儺。如見翠綃垂玉手，朱顏不醉含微酡。敢作尋常美人看，洗妝解佩參維摩。乘風拂拂啜杯茗，疏陰覆席揚清歌。起問花年驚座客，植來三紀還再過。家恒齋生於壬寅，花之移植於是岁。名花國士却相若，詩成起舞重摩挲。年華方盛不用惜，干雲直上舒璚柯。

己卯暮春邀諸公廣濟寺看海棠分得十一真

曹曰瑛

香林咫尺净無塵，暇日招携坐錦茵。雙樹籠烟依法海，萬花銜雨待詩人。燕鶯自合歸初地，桃李應慚占好春。最是年同移植歲，（樹於壬寅歲移植，適同予生之年。）莫誇佳麗笑人貧。

梅花同艷不同春，繞樹依稀索笑巡。酒暈欲銷知睡足，燭痕新褪得愁頻。高懸佛日風沙少，近接皇居雨露勻。詞客山僧齊搦管，却□□□結良因。

寒月宿廣濟嘯軒

余賓碩

凛凛關山路，稜稜冰雪天。已生無限思，何必十分圓。簾燭斂無焰，樓鐘禁不前。徒將徙倚意，并入嘯軒眠。

題廣濟寺雙樹

金之縉

雙樹團團初地尋，到來不廢短長吟。一株不肯耽禪寂，管領春風入上林。

冬日憩別室

萬夔輔

室暖爐常熱，階明雪未殘。客愁忘歲暮，鄉思惜居歡。好鳥能添興，繁花亦耐寒。庭前有芳樹，日日報平安。

別室八首

釋湛祐

別室從來獨自居，五更燈火碧窗虛。山童又變烹茶法，野老空傳乞食書。剩有片雲翔獨鶴，漫勞尺牘寄雙魚。柴門深鎖無人到，絕壑高峰總不如。

別室從來獨自居，十年客坐半窗虛。閑看日漏檐前竹，莫問風飄架上書。扣户兒童驚乳燕，傍溪鷗鳥嬉游魚。物情共有飛潛趣，我亦憑闌得自如。

別室從來獨自居，沉沉鐘磬耳邊虛。鶯回半枕華胥夢，忽憶十年風雨書。南麓祇堪馴虎豹，北溟終見化鯤魚。即今每憶重游處，峭壁丹崖畫不如。

別室從來獨自居，天將時雨人清虛。那須支遁同携杖，但有倪寬伴讀書。禁路花深嘶駿馬，御河風急縱神魚。涼秋景物嗟搖落，一葦何年任所如。

別室從來獨自居，且憑蠹簡問盈虛。江淹漫著銷魂賦，李密空聞挂角書。種得高梧招彩鳳，鑿成靈沼出丹魚。扶筇大笑非無謂，指月傳燈蓋闕如。

別室從來獨自居，御風誰得共憑虛。只言一鉢能傳食，無復千金爲購書。豪杰共忘秦苑鹿，故交猶望薛公魚。黄昏讀史蓬窗下，拍案狂歌意豁如。

別室從來獨自居，雲階草色静含虛。南游曾道埋金簡，西狩何時上玉書。車馬風塵終鹿鹿，山林日月且魚魚。此中大有忘機趣，杖策臨軒一灑如。

別室從來獨自居，十年心意總空虛。欲從天上問奇字，肯向人間覓异書。山裏惡聞三面虎，

海邊驚見半身魚。錫飛未盡搜探興，偃息禪床亦自如。

別室晚晴

釋湛祐

雨過蜻蜓喜，花飄蛺蝶愁。杖藜成獨往，日影澹溪流。

十景詩〔注一〕

梵閣春雲

崔嵬梵閣封晴空，十里春雲指顧中。自是往來常載雨，可憐狼籍不禁風。龍堆晝出邊陰静，鳳闕朝過御氣同。忽到祇園成小憩，依稀參拜白

〔注一〕此詩原缺作者名。據書前原序，當爲湛祐。

別室從來獨自居，御風誰得共憑虛。只言一缽能傳食，無復千金爲購書。豪木然共忘春苑鹿，故交猶望韓公魚。黃昏讀史蓬窗下，拍案狂歌意豁如。

別室從來獨自居，雲階草色靜含虛。南游曾道運金簡，西將何時上玉書。車馬風塵終鹿鹿，山林日月且魚魚。此中大有忘機趣，杖策臨軒一灑如。

別室從來獨自居，十年心意總空虛。欲從天上問奇字，肯向人間覓異書。山裏惡聞三面虎，海邊驚見半身魚。鴉飛未盡搜探興，偃息禪床亦自如。

釋湛祐

別室曉晴

雨過晴蜓喜，花飄蛺蝶愁。杖藜成獨往，日影瀉溪流。

十景詩[注一]

梵閣春雲

崔嵬梵閣封晴空，十里春雲指顧中。自是往來常載雨，可憐狼藉不禁風。龍堆書出邊塵靜，鳳闕朝過御氣同。忽到祇園成小憩，依稀參拜白頭翁。

經臺夜月

松門不許游踪駐，海月偏從薄暮來。稍喜清涼同款洽，漫將幽思與徘徊。蟾宮有客三秋到，兔窟何人五夜開。莫照山人空外色，須知明鏡本無臺。

中庭放鶴

涼秋白鶴下空庭，獨立西風島嶼青。院外客閑同露頂，花間禪定好梳翎。松江唳處還思陸，華表歸時本姓丁。想爲世情消未得，遠來堂下一聞經。

別室馴猿

山猿自絶天臺路，忽傍沙門意若何。佛印禪關新意旨，仙溪玄嶠舊經過。有時熟睡呼還起，永夜相聞泣更多。安得爲君添一定，大開襟抱寄岩阿。

花開方丈

花發祇林春不深，况將紅白挂疏藤。遠迎麗色峰雙峙，深鎖幽香霧幾層。開落自成塵外物，横斜不礙定中燈。群芳壓倒尋常事，西域青蓮見未曾。

香梟深窗

竹窗松火焰中宵，坐爇蛟涎慰寂寥。香氣自能穿佛壁，爐烟未肯駐僧寮。數回欲去仍無定，一度歸來若見招。只待東風好消息，餘馨尚可望雲霄。

院樹秋陰

叢林秋晚樹蕭森，影落階除樂静心。窗上有痕應爲日，潭中不染自成陰。僧當大蓋空持鉢，我藉餘凉且坐琴。若使乾坤終不曉，却從何處更招尋。

海棠晚色

黄昏鐘鼓静雲堂，晚色行看上海堂。剩有輕盈欺拙漢，敢將妖艷近空王。總教遲日開先足，但向薰風落不妨。高燭漫勞頻照睡，智燈無恙老禪床。

大椿團蓋

靈椿本屬天池種，偶到長安亦不愁。自吐雲霞三百度，莫論甲子八千秋。高柯遠障名人眼，交蔭平臨大士頭。我欲借君遮赤日，不教殘暑到龍樓。

仙棗垂瓔

仙棗鍾靈海外移，至今惟是怪安期。花香似桂曾無隱，實大如瓜或用奇。蓮座下居欣有托，梵園肥遁最相宜。恒河忽見蓬瀛物，瓔珞垂來亦可疑。

自述滿江紅詞

前人

廣濟禪林，正好覓、西來消息。怪他們、白頭金闕，半星不得。幾處風塵馳戰馬，幾番花月留行客。總祇是、一去不回頭，真無益。并非是、深難測；又何曾，高難極。爲名繮利鎖，塊然成僻。翠轂故隨月色遠，朱門浪把光陰擲。笑則笑、隨喜綉衣郎，將人嚇。

廣濟禪林，聽車馬、鎮喧京洛。溯開山、許多奇事，宛然如昨。日月平臨留客院，雲霄迴矗翻經閣。怪的是、庭下海棠花，剛吹落。當佳境、詩休索；遇良辰，文慵作。把尋聲問響，付之寥廓。回首不教俗慮起，翻身頓覺塵情惡。苦斜日、不多高，〔注一〕無繩縛。

廣濟禪林，又早是、秋聲剛足。念當年、西泠

〔注一〕據《滿江紅》詞律，此處疑脱二字。

參學，享些清福。晚鴉鳴時山色紫，暮鴉飛處雲光綠。到今日、獨立綉幢間，疑天籟。大拄杖、拖青竹；小紙窗，闢紅玉。道書中一句，至人無欲。開闢暫爲舒隻手，繁華并不關雙目。有則有、佛典六千餘，都高束。

廣濟禪林，別室外、梅花開徹。想江南、負經而去，數枝橫雪。落照笛聲烟翳隔，太湖舟影波光裂。最可惜、行脚賦歸來，三年別。早抹殺、凡夫業；乍跳出，空王劫。與長安故舊，没些交涉。野老那知學佛好，山僧自分爲人拙。喜則喜、獨坐撿名香，和雲爇。

南軒晚坐

前人

鵲噪林稍墜落花，游蜂忽爾過窗紗。奪巢釀蜜渾閑事，且坐南軒看晚霞。

數竿修竹近南軒，風影輕敲對月圓。寂寂鐘聲人不到，暮鴉歸自白雲邊。

雪後登廣濟寺藏經閣

萬夔輔

寶筏渡金繩，高樓與客登。虛無藏萬法，妙有發三乘。鶴語堯年雪，鐘鳴午夜燈。欲尋蓮社約，須覓虎溪僧。

春日藏經閣曉望　　何李

閣曉望晴空，鐘聲杳靄中。千花迎佛日，萬户動春風。宫闕金銀界，階墀錦綉叢。上林瞻紫氣，回首意無窮。

游廣濟寺藏金閣　　阮梩

自知塵迹入門盡，喜有閑心與道深。夜半登樓僧定後，仰看蘿月思沉沉。

游廣濟寺藏經閣　　朱紘

徘徊雙樹下，想像六龍迴。忍草生馳道，慈雲覆講臺。靈禽雲外落，异卉雪中開。爲有登樓興，猶扶一杖來。

雪夜登廣濟寺藏經閣　　龔纓

撥火當寒夜，傳籌起禁城。捲簾山盡失，倚杖月同明。燈暗幢幢影，窗鳴淅淅聲。自憐無酒伴，寂寞話浮生。

廣濟舊志跋

《弘慈廣濟志》成，客起而問：「弘慈者何？」曰：「仁也。」「廣濟者何？」曰：「義也。」「既仁與義矣，而志焉者何？」曰：「弘其所慈，廣其所濟也。」「弘其所慈，廣其所濟，必欲傳諸當時而聲施後世者何？」「我以本院諸僧衆之行事，表而出之，使天下後世，皆弘其所慈，廣其所濟也。」

嗚呼噫嘻！天下一大弘慈廣濟，弘慈廣濟一小天下也。以天下之大，必有君以主之。群公之袍笏者都俞相答，則史臣必珥筆以議其後，某爲善則與之，某爲惡則削之，某爲忠則賞之，某爲奸則罰之。夫爲善爲惡爲忠爲奸，初不計及與之削之賞之罰之也。然而朝廷作史非無謂也，不過欲天下臣工知有與削賞罰之不可逃，爲善而不爲惡，爲忠而不爲奸也。志書之刻，夫亦前所云之謂爾，豈山僧好勞也哉？

間嘗過高山，探大壑，放下凡緣，洞然心腑。此中諸妄消除殆盡，無有所謂與削賞罰累其靈臺也。夫如是，則與削賞罰皆足以害其心，而孰知有大謬不然者。闢如置一鏡於此，未嘗有物照其中，則湛然已爾。有物臨之，則妍蚩好醜畢露而不得遁。假令妍者好者照之而不別其好與妍，蚩者醜者照之而不分其蚩與醜，安在其爲鏡乎？茲所編者，禪門一鏡也。禪門之妍蚩好醜，悉集其中而鏡不失其爲鏡，我相人相，令彼自得而又不爲鏡累。夫能諳我之意者，乃能讀我之《志》者也。我聞祖師東土除棒喝之外，不立文字。語言筆墨之事，何爲乎來哉？若然，海外有形語之國，以指爲口，捷於齒頰，其遂足以爲祖師之意耶？僧竊以爲非也。我人爲道，不入於弘慈，即入於廣濟，不入於予削賞罰，即入於忠奸善惡。誠如异學，弃爾弘慈，去爾廣濟，禁爾與削賞罰，捐爾忠好善惡，惟有逃入空虛而已。然空虛之內，豈能捨仁與義而坐清净寂滅之鄉者乎？是非佛之道，而魔之道矣。嗚呼噫嘻！法王之法，猶人王之法也。革去語言文字者，亦法也。別出語言文字者，亦法也。此本山志書之所由出也。

僧雖獨居別室，傳述古人繕寫區處之所在，一若珥筆於金馬。與其所與，不與其所不與，其所與者即賞也。削其所削，不削其所不削，其所削者即罰也。推此意以及天下，其亦有《春秋》之義焉。山僧雖無坐鏡之優，蓋亦少過於形語矣。

時康熙甲子歲別室湛祐拜書